LÉON GOULETTE

L'ENTREVUE

DE

S^T-AIL — AMANVILLERS

17 JUIN 1893

Douze Phototypies de la Maison J. ROYER, de Nancy

d'après des clichés fournis par le journal l'*Illustration*, de Paris

et par M. Henri BELLIENI

NANCY

SIDOT FRÈRES, LIBRAIRES-ÉDITEURS

3, Rue Raugraff, 3

" L'ENTREVUE "

DE

SAINT-AIL — AMANVILLERS

Allemands et Français en présence

SUR LE CHAMP DE BATAILLE DU 18 AOUT 1870

DU MÊME AUTEUR :

L'AFFAIRE SCHNÆBELÉ

Brochure avec phototypies et plans.

Paris, 1887. — Charles BAYLE, Editeur,

16, Rue de l'Abbaye, 16

LÉON GOULETTE

L'ENTREVUE

DE

S^T-AIL — AMANVILLERS

17 JUIN 1893

Douze Phototypies de la Maison J. ROYER, de Nancy

d'après des clichés fournis par le journal l'*Illustration*, de Paris

---

NANCY

SIDOT FRÈRES, LIBRAIRES-ÉDITEURS

3, Rue Raugraff, 3

AVANT-PROPOS

On ne s'attend pas à ce que nous introduisions dans le cadre d'une brochure, toute d'actualité, un récit de la bataille de Saint-Privat.

Ce récit a déjà été publié à vingt, à cent reprises. Les moindres détails de la sanglante journée sont connus.

Mais, des lecteurs de cette brochure, les uns auront assisté à la cérémonie du 17 juin 1893, les autres ne l'auront appréciée que par les journaux. Ceux-ci, et tous ceux qui n'habitent pas l'extrême frontière, ne sont pas comme nous en contact perpétuel avec ces douloureux et immortels souvenirs.

Il nous a donc paru utile de leur remettre sous les yeux certains documents se rapportant au 18 août 1870.

En parcourant les pages qui suivent, on n'en comprendra que mieux les multiples sentiments qui agitaient les âmes des spectateurs de l'étrange et grandiose « entrevue » de Saint-Ail-Amanvillers, sur ces plaines historiques où Allemands et Français luttèrent, jadis, avec un indomptable acharnement, et où; pour la première fois, depuis cette époque, ils se sont rencontrés le 17 juin 1893, les armes à la main, mais sans en venir aux mains.

Nancy, 20 juin 1893.

Cliché H. Bellieni, Nancy.

LE GÉNÉRAL JAMONT DEVANT LE BATAILLON DU 147ᵉ

AVANT LA CÉRÉMONIE

Extrait de l'*Illustration*.

Phototypie J. Royer, Nancy.

UNE PARTIE DU CARRÉ FORMÉ DERRIÈRE LES CERCUEILS

AU CENTRE, LE DRAPEAU DU 147ᵉ DE LIGNE & SA GARDE

I

Le « Tombeau de la Garde »

Le samedi 17 juin a eu lieu solennellement la translation sur le territoire annexé des corps de quelques-uns des officiers, sous-officiers et soldats du 1er régiment de grenadiers de la garde royale prussienne tués au cours de la bataille de Saint-Privat, le 18 août 1870, et inhumés sur le territoire de Saint-Ail, près Batilly.

On sait que le roi Guillaume resta toute cette journée du 18 août sur le champ de carnage, tandis que Bazaine se tenait tranquillement (!) loin du combat, à son quartier général du Ban-Saint-Martin.

Les Français succombèrent devant le nombre, après une héroïque résistance où l'armée prussienne perdit beaucoup de ses soldats d'élite. Aussi le terrain de la lutte a-t-il conservé le surnom caractéristique de *Tombeau de la Garde*. Cette lugubre appellation est demeurée usitée en Allemagne pour désigner Sainte-Marie-aux-Chênes, Saint-Privat, Amanvillers et Saint-Ail, où tombèrent les grenadiers prussiens.

Le monument principal consacré par les Allemands à la mémoire de la garde prussienne s'élève à Saint-Privat. Guillaume Ier voulut posséder le sol qui avait bu le sang de tant de ses grenadiers ; c'est peut-être à cette pensée que la France doit d'avoir conservé Belfort, précédemment englobé dans le plan d'annexion.

Ce plan subit une modification. En échange de Belfort, nous cédâmes, par le traité de Francfort, la majeure partie du champ de bataille du 18 août. Mais il n'est pas interdit de croire que certaines considérations stratégiques avaient contribué à amener, chez Guillaume Ier, cette dernière détermination.

Outre son désir bien naturel d'annexer à l'empire allemand le « Tombeau de la Garde », le souverain avait compris l'utilité d'éloigner la frontière des approches immédiates de la place de Metz, devenue la grande forteresse avancée contre la France.

Quoi qu'il en soit, le maréchal Canrobert, dont le corps d'armée défendit si intrépidement ses positions dans la journée du 18, a pu tenir avec vraisemblance ce propos qu'on lui a prêté :

« La France me doit Belfort. Si nous n'avions pas tué autant des leurs à Saint-Privat, ils auraient pris Belfort. »

II

L'Assaut de Saint-Privat raconté par un officier allemand

Les extraits ci-dessous, d'une lettre d'un officier des chasseurs de la garde prussienne, écrite après la bataille et publiée alors dans les journaux allemands, donneront une idée de l'intensité de la lutte et de l'énergie avec laquelle les 4e corps (Ladmirault) et 6e corps (Canrobert), de l'armée de Metz, défendirent leurs positions contre leurs adversaires que des renforts successifs rendaient trois fois aussi nombreux que les Français :

« Vers une heure, nous vîmes la bataille devant nous.

L'artillerie de la garde et les Saxons étaient déjà engagés. A notre droite nous avions la première division de la garde cachée par un accident de terrain ; à notre gauche les Saxons combattaient vaillamment. Nous suivions du regard les grenades de notre artillerie, à mesure qu'elles éclataient avec une rare précision parmi les tirailleurs de l'ennemi. Le régiment Augusta avait reçu l'ordre d'aller appuyer les Saxons. Puis vînt le tour du régiment Alexandre (1). Les Saxons gagnaient du terrain et tout allait bien.

« Nous nous mîmes en mouvement pour appuyer les Hessois sur notre droite.

« Nous nous arrêtâmes de nouveau dans un creux, puis vînt enfin le commandement : Les carabiniers en avant !

« Nous voici dans l'action. Il est cinq heures moins le quart et à mesure que nous avançons, nous faisons connaissance avec les chassepots. Un homme reçoit une balle dans le bras, c'est le premier blessé.

« Seconde compagnie à gauche, la première à droite ! Comme nous tournons un fourré, nous voici dans le vif de la mêlée. Le feu est serré mais les balles ne nous atteignent pas. D'où viennent-elles ? Est-ce de ces hauteurs d'en face éloignées d'au moins 1800 pas ?

« Nous sommes bientôt édifiés, l'ennemi est devant nous. En avant !

« Nous déployons nos lignes et nous courons jusqu'à ce que nous soyons hors d'haleine. Mais nous voici épuisés avant d'avoir vu l'ennemi, tant la distance est grande et la colline escarpée... Halte ! Nous sommes encore à mille pas des Français et il faut respirer.

« En avant ! nous franchissons cent pas à travers un champ de pommes de terre.

(1) Le 1er régiment de la garde, ou *Empereur Alexandre* ; c'est à ce régiment qu'appartenaient les morts exhumés le 17 juin 1893.

« Enfin nous voyons les Français passant la tête au dehors de leurs pièces.

« A ce moment, beaucoup d'entre nous étaient tombés et nous faisons une halte sur un terrain découvert pour échanger quelques volées avec nos amis d'en face. Le capitaine baron d'Arnim reçut un coup de feu dans le pied, mais resta assis parmi nous pour diriger les mouvements de la compagnie. Il reçut bientôt après une balle dans la poitrine et dut renoncer au commandement.

« Voyant qu'il n'y avait plus moyen de tenir, nous nous levâmes et fîmes encore 500 pas, en courant vers l'ennemi. Nous lui lançâmes une dernière bordée.

« Nous étions repartis en tirailleurs et nous fondions comme la cire.

« Les Français étaient devant nous. Derrière nous, sur un espace de 800 pas, le sol était jonché de cadavres. Si nous avions été assez nombreux, nous aurions cherché à croiser la baïonnette, mais nous étions trop réduits pour y penser.

« Cependant la position n'était pas tenable et l'on commença à dire dans les rangs qu'il valait mieux se précipiter en avant au risque de nous faire écharper. Mais le capitaine von Berger, adjudant du chef de brigade, arrive au galop, nous ordonnant de rester en place, sous peine d'être faits prisonniers.

« Nous maintînmes ainsi le terrain jusqu'à ce que des troupes arrivassent à la rescousse. Alors nous fîmes encore 300 pas, puis une décharge.

« Petit à petit, nous épuisâmes nos cartouches et il fallut dévaliser les morts et les blessés pour en avoir.

« Tous les moribonds à qui il restait un souffle de vie firent leur possible pour nous venir en aide.

« Mais tout a une fin, il en fut ainsi de nos munitions. Après avoir attendu, pendant un certain temps, qui nous a

parù terriblement long, nous vîmes arriver nos soutiens.
C'étaient des tirailleurs du régiment de la reine Elisabeth,
et au moment où ils nous rejoignaient, j'entendais leur
capitaine donner derrière moi le commandement : « Chargez à la baïonnette ! » J'étais étendu sur le sol avec des
coups de feu dans le bras gauche et à l'épaule, mais quand
j'entendis ces mots, je bondis, je répétai ce commandement
et criai à mes hommes : « Chargez à la baïonnette ! » Mais
hélas ! il ne restait que trois hommes pour répondre à mon
appel.

. . . .

« Tous les officiers du bataillon étaient morts ou blessés.

« Il ne restait que quatre cents hommes du bataillon qui
en comptait mille.

« Le bataillon qui a subi ce triste sort était l'un des
plus beaux de l'armée prussienne. Tous étaient des tireurs
d'élite et les officiers appartenaient à la fleur de la société
berlinoise.

« En parcourant la liste des morts et des mutilés, en
réfléchissant combien de visages connus ont disparu, on ne
peut que penser combien l'aspect de la société de Berlin se
trouvera changé après cette guerre meurtrière. »

III

Metz après la bataille
(Récits du temps)

Nous extrayons ces passages d'une émouvante correspondance adressée de Metz au journal *Le Soir,* le 19 août 1870 :

. . . .

« Avant mon départ de Metz, j'ai assisté à un épouvantable spectacle : l'arrivée des convois de blessés qui venaient du champ de bataille.

« Sur ces dures voitures, rudement secouées, tous les chemins ont été défoncés par l'artillerie, nos blessés sont pêle-mêle étendus sur un peu de paille.

« Quelques-uns, les plus légèrement atteints, marchent à côté des voitures ; ceux-là ont le bras, la tête ou la poitrine enveloppés d'un chiffon sanglant. La plupart ont le fusil en bandoulière. Loin de songer à leurs blessures, ils ne pensent qu'à leurs camarades plus grièvement atteints. Ils réunissent toutes leurs forces pour retenir le chariot qui descend trop brusquement.

« Pas une plainte, pas un cri, pas un soupir.

« En marchant au combat, ils savaient que la lutte serait rude, et ils sont dans les heureux, car là-bas, dans la plaine, il y a des camarades qui sont tombés frappés dans la poitrine.

« Tout le long du chemin, ils songent à la mère, à laquelle il va falloir écrire, et ils ruminent je ne sais quel mensonge héroïque pour rassurer la pauvre vieille. Les amputés auront une égratignure, ceux qui ne sont que légèrement blessés se porteront à merveille.

« Devant moi passe un cacolet : un capitaine d'infanterie est là sanglant ; la grosse toile qui le recouvre à moitié est roide de sang coagulé, parfois des filets humides saignent à travers la paille et laissent sur la route une trace rougeâtre.

« L'infortuné a eu les deux jambes coupées par un boulet ; de ses deux mains il se cramponne à la garniture de fer. Sa tête est affreusement contractée, la bouche laisse suinter une écume tachée de rouge.

« Où va sa pensée ? Sur ce chemin brûlé par le soleil, au milieu de souffrances qui le dévorent, le malheureux regarde là-bas, bien loin. Il voit ceux qu'il aime, ils lisent la lettre de la veille, celle qui dit que tout s'est bien passé; qu'il n'y a pas de mal.

« Nous traversons un pont. Machinalement, je regarde le nom de la rue, elle s'appelle rue du *Pont-des-Morts*.

« Tout cela est hideux, sans doute le cœur se soulève, mais il y a là un côté héroïque et grandiose qui vous subjugue. Je veux voir jusqu'au bout et me fais conduire sur le champ de bataille. On ne peut le voir tout entier, car les Prussiens en occupent une partie.

« En chemin je rencontre heureusement la première compagnie de la Société de secours aux blessés. Presque tous ces braves gens sont Parisiens. Ils sont internes ou externes de nos hôpitaux. La nuit venue, ils se rendent sur les champs de bataille; amis ou ennemis, ils soignent tous les blessés avec un égal dévouement.

« A leur tête se trouve une héroïque femme dont je suis heureux de me rappeler le nom, Mme Cahen. Elle est jeune, et cependant la vue de ces corps amoncelés et de ces blessés qui se trainent sanglants sur la route, laissant derrière eux un ruisseau rouge, ne l'arrête pas.

« On ne saurait croire l'effet que produit sur les pauvres victimes la vue de ces femmes, de ces anges de charité. L'homme soigne, la femme guérit. C'est la patrie tout entière qui apparaît dans la nuit, la patrie avec la petite chaumière enfumée. C'est le sourire après la mêlée terrible, c'est le baiser de la vieille mère, c'est l'espoir.

« La nuit s'étend sur la plaine immense, de sombres rumeurs troublent le silence solennel, il semble qu'une plainte immense monte vers le ciel, la plainte de 40,000 hommes qui dorment là rigides.

« De distance en distance on voit des ombres qui glissent, enjambant les cadavres amoncelés.

« Il est bon d'être armé, car à côté des chirurgiens qui parcourent la plaine pour ramasser les blessés, il y a les corbeaux, ces hideux maraudeurs qui volent les morts. Une bague tient-elle au doigt gonflé, la chose est vite faite, un coup de couteau et la bague vient avec le doigt. Ces sauvages arrachent les croix, les montres, l'argent, tout est bon pour ces rapaces.

« A la main je tiens un revolver, prêt à brûler la cervelle au premier misérable que je trouverais.

« Les corps, en certains endroits, sont serrés les uns contre les autres : il semble que l'on ait fauché. Ce sont les mitrailleuses qui ont accompli leur sanglante besogne. J'ai vu un ravin où nous avons tenu l'ennemi immobile sous notre feu pendant une demi-heure. Les corps sont si serrés qu'ils ne peuvent arriver à terre. Ils se tiennent arc-boutés les uns contre les autres. Peut-être sous cet amas de corps hachés, y a-t-il un malheureux blessé, à demi étouffé.

« Sur la droite, non loin de Gorze, une allée de sapins sombres ; c'est là qu'au début de l'affaire se tenaient nos avant-postes, une compagnie tout entière est couchée, chaque homme a conservé son attitude, le lieutenant a encore une main dans la poche.

« Au bout d'une heure de ce spectacle hideux, je m'éloigne, je ne puis plus rester, il me semble que moi aussi, je vais tomber dans cette boue rougeâtre et que ma place est marquée au milieu de ces corps écrasés par les roues des pièces de canon. »

Nous empruntons ces paragraphes à un ouvrage publié à Bruxelles, après la guerre ; ils confirment ce qu'on vient de lire sur l'inaltérable bonne humeur de nos soldats et le dévouement des Messins :

« Les habitants de Metz furent admirables de dévouement.

« Ils se précipitaient tous vers la porte Moselle (1), par où

_____

(1) **Porte de France.**

arrivaient les convois de blessés, et ils s'arrachaient ces infortunés.

« En voyant ces pauvres soldats, l'on pouvait se convaincre du courage, de l'héroïsme de l'armée française. Il fallait les voir le front calme, la figure souriante, étaler avec orgueil des blessures capables d'abattre des Titans. Et ils n'avaient pas perdu leur gaieté. Ils riaient, ils plaisantaient, ils échangeaient entre eux des quolibets, suivant le genre de blessures de chacun. » (*Histoire de la guerre de 1870-71.* J. Rozez, éditeur, Bruxelles et Anvers, 1872.)

IV

Quelques réflexions sur « l'entrevue » de Saint-Aïl-Amanvillers

Maintenant que nous avons revécu quelques-uns des souvenirs de l'attristant passé, examinons une question.

Qui a provoqué la manifestation de Saint-Aïl que nous allons raconter?

Faut-il y voir une manœuvre électorale du ministère allemand, habile à exalter les sentiments patriotiques ? Cette explication a été donnée, mais elle nous paraît peu plausible. Nous ne croyons pas à tant de machiavélisme. Nous voulons penser, pour l'honneur du gouvernement impérial, qu'il n'a pas un instant songé à battre le rappel sur des caisses d'ossements, qu'il n'aurait jamais accepté de transformer les cercueils en tambours....

Pourquoi ne pas reconnaître plutôt que l'idée de joindre les bières d'Habonville à celles des militaires enterrés à Amanvillers et à Saint-Privat est pieuse, respectable : elle n'a d'ailleurs rien de si extraordinaire.

Nous le constatons avec une fierté légitime : c'est la France elle-même qui a pris l'initiative de ce genre de restitutions. N'avons-nous pas réclamé à l'Allemagne les cendres de Carnot, de La Tour-d'Auvergne et de Marceau ? A l'Autriche, tout récemment, les cendres de Lassalle ?

Ces deux puissances ne se sont-elles pas empressées d'exaucer nos vœux et n'ont-elles pas rendu un solennel hommage aux dépouilles de ces illustres Français ?

Imitant cet exemple, le corps d'officiers du 1er régiment de la garde royale prussienne a obtenu du gouvernement impérial qu'il fît les démarches nécessaires pour rapprocher du « tombeau de la garde » les débris mortels ensevelis par delà la nouvelle frontière. Les négociations ont dû durer un certain temps : elles sont évidemment antérieures à la dissolution du Reichstag.

Le gouvernement français n'aurait pu, sans barbarie et sans ridicule, opposer une fin de non-recevoir à cette requête. Mais — a-t-on dit — il fallait faire les choses plus simplement. La France a déployé en la circonstance un trop grand apparat militaire. Et depuis quand la France n'est-elle plus le pays de la sociabilité, de la courtoisie, de la chevalerie ? Et depuis quand la France craint-elle de montrer ses beaux bataillons ? Si irréprochable que soit l'armée allemande, la France ne redoute pas la comparaison — et peut-être n'était-il pas inutile à notre prestige que cette comparaison s'accomplît en dehors des règles ordinaires, autre part que sur le terrain rabotté de Longchamps où, chaque année, l'armée de Paris donne la magnifique parade du 14 juillet.

Est-ce une nation « pourrie » celle qui honore avec un si grand éclat les dépouilles d'adversaires déterminés ?

N'oublions pas que pour les besoins de leur polémique
électorale, quelques journalistes d'outre-Rhin s'appliquent à
représenter les Français en général comme une race finie,
et les Parisiens en particulier comme des « cochons » ou
du moins comme menant « une vie de cochon ». Textuel :
verschweinertes Leben.

L'expression et les lignes suivantes sont empruntées à
une correspondance de Paris insérée dans le *Berliner
Tageblatt* du 15 juin dernier :

« Les salaires de la classe ouvrière parisienne lui permettraient
de mener une vie honnête, mais elle préfère se rouler dans la
boue des jouissances grossières.

- « La femme et le vin, le vin et la femme, c'est le cercle dans
lequel elle se meut comme un bœuf attaché à un pieu. Les ouvriers sont infectés de la plus grossière sensualité. La vie intellec-
tuelle d'un peuple et d'un pays a son origine dans le peuple ; on
ne la greffe pas sur le peuple, elle en sort. On la reconnaît à ses
fruits. On n'a qu'à regarder la littérature française contemporaine,
qui se concentre dans le roman, la presse, la scène, les arts,
partout la grossière sensualité, la lascivité.

« Je le répète, une vie de cochon... On n'a qu'à voir ces troupes
d'enfants sales, en loques, démoralisés, qu'on voit dans les quar-
tiers pauvres de Paris, et l'on sait qui sont leur père et leur
mère ! »

Journaliste moi-même, je sais trop à quelles exagérations
on se laisse parfois entraîner au cours d'un article hâtivement conçu et plus hâtivement écrit, pour ne pas sourire
des imprécations de notre confrère allemand.

De certaines énormités ne valent qu'un haussement des
épaules.

- Mais j'imagine que les abonnés du *Berliner Tageblatt*, en
lisant à huit jours de distance le récit de la cérémonie
de Saint-Ail-Amanvillers, si admirablement correcte, j'imagine que ces abonnés ont dû penser que pour des soldats
dont les parents et amis mènent « une vie de cochon »,

les hommes du 6e corps français ne sont pas déjà si dégoû-
tants. — Précisément, nos garnisons de l'Est comptent
beaucoup de Parisiens.

La France n'a pas peur de la lumière. Elle ne peut que
gagner à être connue. On nous a affirmé que parmi les officiers de l'armée de Metz, présents le 17 juin à Amanvillers,
il s'en est trouvé pour émettre cette opinion, qu'on avait
envoyé sur la frontière, le « dessus de notre panier militaire ».

Cette assertion serait tout au plus digne d'un innocent
soldat de 2e classe. Les officiers allemands suivent très
attentivement ce qui se fait chez nous ; aucun d'eux ne
méconnaîtrait à ce point la solidité de l'armée française. Ils
n'ignorent pas comment les choses se sont passées, comment, peu à peu, la cérémonie a été organisée de notre côté
avec plus d'ampleur qu'on ne le prévoyait au début ;

Comment M. le général de brigade Mouton, sous-gou-
verneur de Verdun et le 1er bataillon de chasseurs avaient
été désignés pour venir de cette ville ; comment, à l'an-
nonce que le commandant du 16e corps allemand serait à la
tête du détachement fourni par la garnison de Metz, notre
gouvernement a estimé que l'égalité de grade entre les
chefs des deux missions militaires s'imposait (en somme,
un général de brigade français, — quel que soit son mérite,
— se serait trouvé en état d'infériorité, face à la haute et
brillante phalange groupée autour du général Hæseler) ; le
général Jamont n'était accompagné que d'un seul aide-de-
camp et de son peloton de hussards, mais c'était le général
en chef du 6e corps ; comment, pour le service de garde et
d'escorte, on a pensé qu'un seul bataillon aurait fort à faire ;
qu'au surplus les « pantalons rouges » forment le gros de
l'armée française, on a donc joint aux chasseurs à pied un
bataillon du 147e de ligne et la musique de ce régiment,
car l'excellente fanfare du 1er chasseurs à pied ne constitue
pas un corps de musique complet (l'idée d'envoyer de la

ligne fut particulièrement heureuse, puisque le soldat français reconnu parmi les morts d'Habonville était un « petit lignard ») ;

Comment enfin, le général Jamont se rendant sur les lieux, il était convenable de lui donner le peloton de cavalerie qui escorte d'habitude en France les généraux en chef ; un peloton pour ouvrir la marche du convoi n'était pas davantage superflu : rien ne vaut la cavalerie dans une circonstance propre à attirer les foules.

Tout cela n'était-il pas rationnel ?

Quelques esprits tourmentés, inquiets pour la gloire de la France, ont déploré ce luxe militaire ! Il n'y a pas eu *luxe*. On a simplement constitué le cadre utile à un cortège formé à travers champs.

En veut-on une preuve convaincante ? Au monument réédifié sur le territoire d'Amanvillers, la gendarmerie allemande a été débordée. Je dis qu'au monument d'Amanvillers, les rangs étaient mêlés et confondus, à telle enseigne que celui qui écrit ces lignes, personnalité sans mandat, était placé *devant* plusieurs généraux allemands.

On a parlé aussi d'hésitations.... (1), le conseil des minis-

_ _

(1) Un chef d'escadrons de cavalerie écrit au *Figaro*, à propos de la cérémonie d'Amanvillers, une très suggestive lettre dont nous extrayons ce passage :

« ... Je me permets de vous dire combien j'ai partagé l'émotion que vous avez éprouvée. Il y aurait dans cette scène de troupes rivales se mesurant de l'œil avec dignité, en présence d'honneurs à rendre, un sujet digne d'inspirer un de nos grands peintres militaires.

« Mais ce que je trouve absolument étrange, c'est ce sentiment que, fort discrètement, du reste, vous laissez percer, mais qui marque l'hésitation qui s'est produite en *haut lieu* avant d'autoriser ce qui a été fait et ce dont, j'en suis certain, les *camarades* se sont très bien tirés.... Comment se fait-il qu'il ait pu se produire quelque part un instant d'étonnement ou d'embarras en présence d'une question si purement militaire, et, en somme, absolument digne et chevaleresque ?

« Sans remonter au dialogue classique de Fontenoy, controversé aujourd'hui et que d'aucuns pourraient accuser d'être devenu poncif, n'y a-t-il pas ces incidents de la guerre d'Espagne, racontés par Marbot ; ceux, plus

tres français aurait longuement délibéré.... cette cérémonie
ét ses conséquences possibles le préoccupaient.... .

Suppose-t-on qu'outre-Rhin, on n'ait pas délibéré? L'heure
matinale proposée pour la rencontre ne constitue-t-elle pas,
sur ce point, un symptôme significatif? Oui, on a délibéré
à Berlin ; on s'y est demandé s'il était prudent de solliciter
un sauf-conduit — moral — pour les officiers délégués par
la garde.

Ces préoccupations n'étaient-elles pas absolument natu-
relles? Après l'événement, il est facile de les taxer d'exa-
gérées, mais sait-on jamais à l'avance ce qui peut sortir
d'une foule émue, électrisée par une terre où le moindre
buisson fleure encore la poudre?

L'*entrevue* fut d'une dramatique correction. Et aussi bien,
doit-on s'expliquer sur ce mot *entrevue* placé au frontispice
de notre modeste brochure.

Il s'agit bien d'une *entrevue*, d'une porte exceptionnelle-
ment ouverte de part et d'autre pour échanger un regard
profond.

Le 17 juin 1893, à huit heures du matin, à l'extrême
limite de la frontière tracée par le traité de Francfort, des
généraux — non les moins éminents — et des soldats d'Allemagne et de France — les générations militaires compo-
sant l'avant-garde des deux nations se sont *entrevues* dans
un éclair, au scintillement des baïonnettes.

Entrevue solennelle dans l'intensité des sentiments qui
planaient sur cette rencontre.

récents, de la guerre de Crimée, où les officiers ennemis, après s'être
courtoisement réunis, se priaient d'avoir à reculer pour se faire l'honneur
de se tirer dessus? Ce n'est pas un des moins beaux côtés de la vie militaire que de pouvoir se saluer réciproquement et sans hésitation dans l'in-
tervalle des moments passés à recevoir ou à donner des coups.
« Prisonnier de guerre en Allemagne, j'ai conservé quatre mois ma
tenue de sous-lieutenant ; partout j'ai toujours été salué le premier et ne
puis l'oublier. »

Extrait de l'*Illustration*.

AVANT LA CÉRÉMONIE

Extrait de l'*Illustration*.   Phototypie J. Royer, Nancy.

LE SOUS-PRÉFET DE BRIEY REMET AUX OFFICIERS ALLEMANDS

LES RESTES DES GRENADIERS PRUSSIENS

L'homme coiffé d'une casquette, placé à la droite du Sous-Préfet est le gardien des tombes allemandes,
nommé Volkmann.

A notre avis, la cérémonie de Saint-Ail-Amanvillers a été conduite et réglée par une de ces volontés mystérieuses qui se jouent des appréhensions des gouvernants.

Rappelez-vous la narration de l'assaut de Saint-Privat faite par un officier allemand : « Que de disparus pour la société de Berlin ! » Et ces disparus reposent sur la terre étrangère ! Les ramener près de leurs camarades, voilà le point de départ. Puis, sous cette impulsion, en présence de cette requête persistante des officiers de grenadiers prussiens, les choses se sont précipitées, avec une logique inflexible de part et d'autre, le cadre de la cérémonie s'est démesurément élargi.

On a fait grand, non qu'on ne redoutât quelque accroc... Mais on ne pouvait pas ne pas *faire grand*, car la dignité de chaque peuple était prise dans l'engrenage.

Et le résultat est bienfaisant. Pour les Allemands dont notre pompe militaire et splendidement ordonnée a sans doute dissipé certains préjugés. Pour les Français dont le renom de courtoisie acquiert un nouvel éclat aux yeux du monde.

Or, tout acte qui laisse filtrer une parcelle de vérité, une parcelle de cette lumière humaine que les passions et les fatalités politiques obscurcissent si souvent — est bon en soi.

Mais il est temps de céder la parole aux faits eux-mêmes, plus éloquents que nos dissertations.

V

L'exhumation. — Découverte des restes d'un caporal français

(Vendredi 16 juin.)

Saint-Ail est un petit village de l'arrondissement de Briey. Il possède 140 habitants et comprend deux sections : Saint-Ail et Habonville.

Distant de 2 kilomètres de Batilly (tête française de la ligne ferrée Metz-Verdun), Saint-Ail se trouve encore plus près d'Amanvillers (première gare de la même ligne sur le territoire annexé).

Dans le *Journal*, du 17 juin, M. Emilien Chesneau a donné une saisissante description du terrain :

« Si l'on consulte l'excellente carte dressée par les soins du service vicinal, on constate sur la feuille XXIV-12 (Metz) une pointe hardie de la frontière française dans le territoire annexé. Cette enclave a pour base la route qui, du Nord au Sud, relie Sainte-Marie-aux-Chênes à Vernéville — tous deux allemands aujourd'hui — et durant les deux kilomètres qu'elle parcourt en France, traverse Saint-Ail et le hameau d'Habonville ; le sommet de ce triangle touche Amanvillers ; le côté gauche est sous le commandement de Saint-Privat-la-Montagne ; du côté droit, on aperçoit le clocher de Gravelotte. On est au cœur des positions allemandes, lors de la bataille de Saint-Privat : c'est le théâtre de l'immense tuerie du 18 août 1870 ; c'est le tombeau de la garde prussienne.

. . . .

« Nous étions arrivés à l'extrémité de la pointe du territoire français dont j'ai parlé tout à l'heure ; nous domi-
nions les mouvements de terrain qui, doucement, s'élèvent
avec la ligne Amanvillers-Saint-Privat. Au carrefour des
routes, des monuments commémoratifs se dressent ; ici la
division hessoise ; là, les chasseurs de la garde prussienne ;
plus loin, les grenadiers du régiment *Kaiser-Alexander I*er,
dont le cénotaphe, démonté pierre à pierre, vient d'être
transporté d'Habonville à Amanvillers et sera demain
l'objet d'une nouvelle inauguration. Puis, émergeant des
avoines, des blés et des orges encore verts, des croix tom-
bales, des croix blanches, massées, indiquant par leur grou-
pement les intervalles de déploiement des divisions, des bri-
gades, des régiments, les bonds en avant des tirailleurs,
leur arrêt, leur chute devant quelque obstacle déterminé,
les points de lutte acharnée... et toutes ces croix conver-
geant en un assaut furieux vers Saint-Privat, depuis Vernéville jusqu'à Sainte-Marie-aux-Chênes.

« Les croix de bois portent une inscription unique : un
nombre variable — ici 321, là 414, ailleurs 212, etc. — *aus
18. August,... Krieger, 1870.* — (Tant de guerriers, du
18 août 1870.)... »

On vient en effet de réédifier, pierre par pierre, le monument sur le territoire annexé, à quelques centaines de
mètres de l'emplacement primitif, en bordure d'un chemin
d'exploitation, et sur le même alignement que le monument
élevé en 1889, à la mémoire des chasseurs de la garde prussienne ; le monument des Hessois se trouve aussi dans la
même section de terrain.

Les officiers de la garde royale prussienne délégués pour
représenter le 1er régiment de grenadiers (Empereur-
Alexandre) à la translation des restes de leurs défunts

camarades, arrivèrent à Metz le 12 ou le 13 juin ; l'ouverture de la tombe de Habonville eut lieu le jeudi 15 juin, en présence d'autorités des deux pays.

Le monument, élevé à l'aide de souscriptions particulières, était situé exactement à quatre cents mètres de la frontière. Il se compose d'un large socle, taillé en forme de rocher, surmonté d'une croix rustique en pierre, imitant deux branches de chêne. Sur les pierres du rocher factice sont gravés les noms de :

Major (chef de bataillon) von Schon ; hauptmann (capitaine) von Sack ; oberst-lieutenants (lieutenants) von Rosemberg et Schlabendorf ; lieutenants (sous-lieutenants) Fleck, Frisch, Laidig, Petersdorf et Halmann ; porte-épée-fœhnrich (élèves-officiers) von Dewitz et von Natzmer ; feldwebel (sergent-major) Podschalowski. Plusieurs soldats — dont on n'a pas conservé les noms — avaient été enterrés avec leurs chefs, et non loin de là, selon la tradition, on avait aussi inhumé un caporal français mort au château de Vernéville des suites de ses blessures.

Les corps qu'on va déterrer, le seront pour la seconde fois. En effet, le lendemain de la bataille, on avait creusé des fosses un peu partout, à la hâte. Mais ces derniers gîtes avaient été soigneusement marqués, et, après la guerre, le régiment Empereur-Alexandre fit relever et réunir dans une même sépulture, sous le monument de Saint-Ail, les restes des officiers sus-nommés et de plusieurs simples grenadiers inconnus.

Nous empruntons les lignes suivantes à un de nos confrères qui a assisté, le vendredi 16 juin, à la dernière période de l'exhumation :

« Aussitôt arrivé — écrit M. Jules Huret dans le *Figaro*, — je me suis rendu à Habonville, commune de Saint-Ail. Déjà le monument avait été démoli et des-

ouvriers creusaient la terre à coups de pioche : des débris
de cercueil étaient au jour et on en relevait un grand nombre d'ossements qu'on jetait dans les bières neuves dont le
fond était tapissé de copeaux. Les pioches heurtaient de
temps à autre un crâne ou un tibia et le fer sonnait. Les
bières s'emplissaient pêle-mêle de mâchoires, de débris
d'étoffes, d'os de toute forme et de toute dimension, de
semelles, de boutons. Et quand les cercueils devenaient
petits, on forçait un peu leur contenance en appuyant sur
les os qui se brisaient.

« Une centaine de personnes étaient réunies autour des
fosses béantes. Je m'informai : c'était d'abord un lieutenant
du 1er régiment de grenadiers de la garde royale prussienne, en tenue civile, redingote et cravate noires, chapeau haute-forme. Sa taille était haute, la moustache
blonde, les yeux bleus, le teint rose ; c'est le type accompli
de l'officier allemand. Il examine flegmatiquement les os
qu'on retire de la fosse, et quand un objet quelconque
intrigue les ouvriers, il le prend, le retourne, le regarde :
voici une médaille commémorative de la guerre de 1866,
une balle de chassepot, une balle allemande. Puis voici le
sous-préfet de Briey, M. Giraud, qui représente officiellement le gouvernement français ; son collègue, M. Georges
Firbach, sous-préfet de Montmédy ; le garde-tombes allemand, un ancien sous-officier prussien, blessé en 1870 sous
Saint-Privat, et qu'on a chargé de l'entretien des tombes-
frontière ; le conducteur des ponts-et-chaussées allemand,
chargé de transporter le monument à Amanvillers : lui
aussi se battit en 1870 sous le feu de Saint-Privat ; enfin le
lieutenant de gendarmerie de Conflans et un gendarme.

« Tout à coup, le sous-préfet de Briey se penche plus
attentivement sur la fosse, l'officier prussien s'avance, on
regarde un lambeau de drap rouge qu'un ouvrier vient de
déterrer : un soldat français s'est trouvé égaré là, et depuis

vingt-trois ans, dort son tranquille sommeil côte à côte
avec les ennemis. On trie soigneusement les os qui envi-
ronnaient le drap rouge, mais c'est bien difficile, tout cela
se confond : la terre, le cuir et les tibias.

« Les morts ont été enterrés tête bêche. A côté du
soldat, une balle, celle qui l'a tué, sans aucun doute, puis
un petit peigne de poche à charnière, puis encore un
couvercle de gamelle. Je rapporte ce couvercle et une balle
à Paris pour la Salle des Dépêches du *Figaro*.

« On croit que tout est fini : mais, encore un coup de
pioche et un nouveau cercueil apparaît. On gratte la terre
et je vois tout à coup la pointe d'un casque : on gratte
encore, le casque entier apparaît, puis un crâne, puis une
mâchoire, puis des os : les os du sternum et du bassin, les
tibias ; pendant quelques secondes, les ouvriers laissent à
découvert cet effrayant squelette casqué de cuir noir et
blasonné de l'aigle aux ailes de cuivre. Mais voici qu'un
brusque coup de vent renverse le chapeau gris du sous-
préfet et le tricorne d'un prêtre qui vient d'arriver, et les
jettent dans la fosse, tandis que l'ouvrier démonte le
squelette qui va rejoindre les autres dans les boîtes noires.

« Enfin la besogne sinistre est terminée : tous comptes
faits — par les crânes — on a retrouvé là un capitaine,
un lieutenant, un porte-épée de dix-sept ans ; un sergent-
major et dix-sept soldats, y compris le soldat français,
qu'on met, naturellement, dans une boîte à part.

« L'officier allemand se retire : il va à Metz. Restent les
deux sous-préfets, le lieutenant de gendarmerie, le com-
missaire de police et moi. On attend encore le détachement
du 1er bataillon de chasseurs, en garnison à Verdun, qui
doit servir de garde d'honneur toute la nuit qui vient. Les
voici, ils s'arrêtent à cent mètres du monument. L'officier
s'avance seul : c'est un petit jeune homme très brun à la
moustache fine, ganté de blanc, en grande tenue de service,

plumet au képi ; il s'arrête brusquement juste à cinq pas
des cercueils à présent fermés ; il joint les talons, met la
main gauche sur la garde de son épée, de la dextre fait le
salut militaire, grave et posé, et remonte vers ses hommes. Ils sont huit qui se relaieront deux par deux, jusqu'à
demain, arme sur l'épaule, faisant les dix pas des deux
côtés des cercueils.

« Je me retire, le soir tombe, les glacis de Saint-Privat,
les bois de la Cusse, les clochers lointains de Saint-Ail, de
Sainte-Marie-aux-Chênes, se couvrent d'ombre, et ces petits
chasseurs à pied, veillant des os allemands à mille mètres
de la frontière, ont vraiment grand air.

« Je reviens à Batilly, les troupes viennent d'arriver ; la
revue a été passée par le général ; puis, devant le petit
monument élevé à la mémoire des soldats du 94ᵉ de ligne
morts là en 1870, le commandant du 1ᵉʳ bataillon de chasseurs fait à ses hommes un petit discours. Il rappelle qu'il
combattit à Sainte-Marie-aux-Chênes, qu'il désigne de son
épée nue, et dit que ses camarades tués sont encore ensevelis en terre allemande, moins heureux, hélas ! que ceux
du 94ᵉ. Il espère que *ceux du 1ᵉʳ* auront à cœur de faire
comme leurs aînés, et de vaincre ou de mourir pour la
patrie !

« Tous les gens du village, le curé en tête, applaudissent
frénétiquement et crient à tue-tête: Vive le commandant !
Vive la patrie ! »

(Rappelons que le chef du 1ᵉʳ bataillon de chasseurs, le
commandant Couturier, est Messin et bien connu dans ces
parages, car chaque année, il ne manque pas d'assister, le
16 août, à la cérémonie de Mars-la-Tour, où l'accompagne
la fanfare de son bataillon.)

IV

La Cérémonie funèbre.

(Samedi matin, 17 juin) (1).

Ce fut un spectacle prodigieux, unique, cette rencontre, ce *contact* entre le 16ᵉ corps allemand et le 6ᵉ corps français sur les lieux mêmes où, en 1870, le 6ᵉ corps français avait si valeureusement défendu ses positions.

Il est difficile de se soustraire à une émotion d'une extrême intensité, quand on parcourt des yeux cette plaine, semée de villages aux noms célèbres : Sainte-Marie-aux-Chênes, Saint-Privat, Amanvillers. Songez qu'aujourd'hui, entre Gravelotte et la ferme du Point-du-Jour, les arbres de la route portent encore les traces de projectiles...

La frontière est si bizarrement découpée qu'on ne sait où la trouver, entre toutes les ondulations qui cachent dans leurs plis et replis de maigres tiges d'avoine ou de froment.

Samedi matin, à quatre heures et demie, par un petit vent frais qui fait onduler les épis, on entend dans Batilly et dans Saint-Ail les premières rumeurs du rassemblement des soldats.

A cinq heures et demie, les deux bataillons d'infanterie sont arrivés près du monument et de la frontière.

Quelques campagnards du pays annexé commencent aussi à arriver. Sur la plaine, deux seuls objets accrochent,

---

(1) Des phrases entières de ce chapitre sont tirées des comptes rendus publiés dans l'*Est Républicain*, de Nancy, et dans le *Temps*, par l'auteur de la présente brochure.

ARRIVÉE DE LA DÉLÉGATION DES OFFICIERS ALLEMANDS

DEVANT LES CERCUEILS.

LES OFFICIERS ALLEMANDS PRENNENT CONGÉ DU GÉNÉRAL JAMONT ;

le Lt-Colonel Von Ende, placé à leur tête, prononce quelques paroles de gratitude.

le regard : les flèches des églises de Saint-Privat et d'Amanvillers.

Les troupes s'échelonnent sur le chemin d'Habonville à
Amanvillers. Ce chemin de communication devient « frontière » un peu plus loin.

Chasseurs et lignards alternent pour la faction à chaque
coin de l'emplacement du monument enlevé où sont posés
les cercueils, emplacement entouré de trois côtés par
sept piquets que relient des guirlandes de feuillage.

Les restes des Allemands reposent dans six bières peintes
en noir avec une croix blanche ; une caisse rectangulaire, préparée à la hâte, renferme les restes du Français reconnu
la veille.

Les bières allemandes sont placées du côté de la frontière
annexée.

Le sous-préfet de Briey, qui vient d'arriver et donne les
dernières instructions, pour la police, aux gendarmes et
aux douaniers, a apporté un drapeau tricolore pour recou-
vrir le cercueil français.

Le service d'ordre est confié aux commissaires de
police Fougère, de Longwy, et Host, de Conflans. La gendarmerie est sous les ordres du sous-lieutenant Kœltz, de
Briey ; la douane est commandée par MM. Boos, capitaine
à Mars-la-Tour, et Roux, lieutenant à Doncourt.

A cinq heures cinquante, le général Jamont, en grande
tenue, arrive de Batilly où il a couché, suivi d'un peloton
de vingt-quatre hussards, et passe devant le front des
bataillons déjà alignés et qui présentent les armes.

La sonnerie *aux champs !* des clairons des chasseurs
semble grêle sur cet immense tertre.

Le nombre des curieux grossit, beaucoup de femmes ; les

annexés échangent des réflexions dont on devine le sens ; ils observent minutieusement les uniformes français qu'ils n'ont pas vu depuis si longtemps ; le costume du sous-préfet amène des interrogations : « C'est un gendarme français », dit une bonne femme. — « Non, répond son mari, c'est un intendant. » — « Non, dit un autre, c'est l'aide-de-camp. » — Etc.

Un campagnard suivant avec une vive attention l'alignement des troupes, à son camarade : « Qu'est-ce que tu dis de ça ? » — « C'est beau, ça », répond l'autre.

Les blés, les malheureux blés vont avoir du fil à retordre, car la cavalerie ne les respecte guère.

Le général Jamont a ordonné de former, autour des cercueils, un vaste carré, composé pour trois côtés par le bataillon du 147ᵉ, sa musique, ses clairons et ses tambours voilés de crêpe et dont le quatrième côté, pris dans les blés, sera formé par l'escadron de cavalerie qui sera ainsi aligné derrière le général en chef, face aux cercueils. Au centre du carré est posté le drapeau (cravaté de crêpe) du 147ᵉ avec sa garde d'honneur.

Vers six heures un quart toutes ces dispositions sont à peu près prises.

Le « photographe de la cour » Jacobi, établi à Metz, obtient la permission de prendre des groupes militaires près du lieu de la cérémonie ; d'ailleurs, photographes et bicyclistes pullulent.

Sur la droite, vers la frontière, les chasseurs à pied du commandant Couturier sont dans un bel alignement. A cette frontière, on commence à apercevoir de l'animation ; la compagnie du 131ᵉ prussien, sur pied de guerre (250 hommes), qui doit rendre les honneurs définitifs, est partie de Metz à quatre heures du matin et elle s'aligne, flanquée d'un nombre respectable de tambours, de fifres et de musiciens.

Le capitaine de François (qu'on dit descendant d'un des Français réfugiés en Prusse après la révocation de l'édit de Nantes) commande cette troupe.

Un peloton du 9e dragons prussiens est aligné à l'extrême frontière ; tout à l'heure il se déploiera pour seconder la gendarmerie dans le service d'ordre.

On sait que l'heure allemande diffère fortement de l'heure française. A six heures et demie, tout est prêt de notre côté ; les Allemands ont officiellement annoncé leur arrivée pour six heures cinquante (soit sept heures quarante-cinq à Metz).

Ils sont assez exacts. Les premiers au rendez-vous sont, en un landau, l'abbé Laubstein, aumônier divisionnaire catholique, et le pasteur supérieur protestant Busseler, accompagnés de leurs sacristains. Le landau est convenable, mais de ses deux chevaux, l'un est blanc, l'autre noir, ce qui constitue un bien piètre assortiment.

Enfin, voici le vrai cortège : il est précédé d'un détachement de hussards qui l'a reçu à la frontière. Les corbillards, escortés par plusieurs gendarmes et, dans deux landaus, les six officiers de la garde royale envoyés de Berlin pour recueillir et accompagner les ossements de leurs camarades défunts. Ces officiers sont en grand uniforme, la longue tunique croisée, l'écharpe d'argent, le casque à plumet blanc retombant. Les deux officiers supérieurs de la délégation sont le lieutenant-colonel von Ende et le major von Schwarzkoppen qui appartenait en 1870 au 1er régiment de la garde. Ce dernier est actuellement attaché à l'ambassade allemande, à Paris.

(Rappelons que le général Jamont était aussi à la bataille du 18 août avec le grade de chef-d'escadron.)

Les cloches d'Amanvillers et de Saint-Ail tintent le glas funèbre.

Derrière les officiers, les délégations du *Krieger-Verein* de Metz (société des anciens militaires) et du *Kampfge-nossen-Verein* (société des compagnons d'armes) avec leurs bannières surchargées de broderies et d'inscriptions ; elles portent six couronnes de feuilles de chêne, pour déposer sur les cercueils allemands.

Les six officiers de la garde descendent de voiture ; leur chef, M. von Ende, se présente, puis les présente au général Jamont qui répond avec courtoisie à leur salut.

Durant une minute, le colonel von Ende se tient à pied, à gauche du général Jamont ; on échange des politesses, avec infiniment de tact et de réserve.

Sur un signe du colonel Babin, du 147e (un Nancéien), les troupes portent les armes, musique, clairons et tambours battent ou sonnent aux champs, les six officiers se découvrent.

M. Giraud, sous-préfet, qui est placé à l'entrée du tertre, se tourne vers le colonel von Ende et s'exprime en ces termes :

« Monsieur le colonel, conformément aux ordres du gouvernement de la République, j'ai l'honneur de vous remettre les restes des militaires du 1er régiment de grenadiers de la garde, Empereur Alexandre, inhumés à Habonville, et qui avaient été réclamés par le gouvernement impérial allemand. »

En réponse à ces quelques paroles, M. le major de Schwarzkoppen, attaché à l'ambassade de Paris, prononce l'allocution suivante dans un français dont on a remarqué la pureté d'accent:

« M. le colonel von Ende me charge de vous remercier profondément mon général, et vous Monsieur le sous-préfet, et vous, Messieurs les officiers de l'armée française, du généreux concours que vous voulez bien prêter, au nom du gouvernement français, à cette pieuse cérémonie. Nous sommes très touchés des honneurs militaires rendus par vos soins à nos vaillants soldats tombés sur le champ de bataille et nous tenons à vous exprimer, au nom de l'armée allemande, surtout au nom du régiment de ces braves soldats, toute notre reconnaissance. En vous associant avec une si parfaite courtoisie et dans un sentiment d'union et d'humanité à cette solennelle cérémonie, vous nous donnez une nouvelle preuve de bonne et sincère confraternité militaire dont nous garderons un ineffaçable souvenir. »

Le lieutenant-colonel von Ende dépose une couronne sur le cercueil du caporal français en disant :

« A l'honneur des braves soldats français, j'adresse les remercîments sincères de mon régiment aux autorités françaises qui ont bien voulu garder avec générosité des lieux chers à notre souvenir. »

Un salut réciproque, et aussitôt l'aumônier catholique allemand Laubstein dit en latin les prières liturgiques, notamment le *De profundis*. Il prononce le latin à l'allemande, les *u* font *ou*. Exemple : *oremus* devient *oremous*. Le curé français de Batilly donne les répons. (Une de nos phototypies retrace cette scène ; mais on n'y peut apercevoir la figure du curé de Batilly, placé devant le cercueil français, à gauche de l'abbé Laubstein.)

Puis vient le tour de l'aumônier protestant qui parle d'une voix forte et développe ce thème que l'homme qui donne sa vie pour ses amis et pour sa patrie est un héros ; il remercie les Français d'avoir respecté le monument confié à leur sol.

M. Gattelet, curé de Batilly, parle à son tour. Bien timbrée, sa voix claire contraste agréablement avec la rude émission des syllabes allemandes. La langue française se prête mieux à l'éloquence que la langue germanique. Aussi le discours de M. Gattelet a-t-il produit une émotion qui s'est traduite par quelques battements de mains, discrètement étouffés :

« En ce jour, dit-il, nous rendons un suprême hommage à ceux qui sont morts bravement ; en 1870, les adversaires, si acharnés fussent-ils, ont toujours rendu les honneurs militaires à ceux qui s'étaient distingués.

« C'était au lendemain de la bataille du 18 août 1870, à quelques pas d'ici. Un caporal français avait été blessé à mort dans cette sanglante journée ; il avait été porté par les soldats allemands au château de Vernéville et il venait de rendre le dernier soupir. -

« Avant d'ensevelir ses restes mortels, un chef allemand va chercher M. le curé de Vernéville, qui est encore aujourd'hui le même, pour présider aux funérailles.

— « Vous avez enterré bien d'autres Français sans moi, lui dit « M. le curé. Pourquoi demandez-vous plutôt mon ministère pour ce « caporal ? — Ah ! c'est que, celui-là, répond le chef, c'était un « brave parmi les braves. Il s'est héroïquement défendu et nous avons « admiré son courage et sa bravoure. Il n'a pas perdu un pouce de ter- « rain et nous voulons lui rendre les honneurs militaires. »

« Et le soir, le curé lui prêtait le concours de son ministère et les musiques jouaient une marche funèbre, les tambours battaient et un peloton sous les armes accompagnait le funèbre cortège.

« Voilà une preuve que le courage est partout respecté et honoré, même par les adversaires sur les champs de bataille. Soyons courageux comme ce soldat, comme ses autres compagnons d'armes, vous qui êtes les soldats d'aujourd'hui et qui avez l'exemple des soldats d'hier, et ne doutons pas qu'en ce monde et en l'autre notre courage ne trouvera sa récompense.

« C'est pourquoi peut-être la divine Providence a permis que nous pussions retrouver et reconnaître les restes mortels de ce brave compatriote tombé en 1870, victime de son courage. C'était pour récompenser son courage et sa bravoure.

« Il avançait, il avançait toujours vers les lignes ennemies, et il y a trouvé la mort. La balle qui l'a frappé était restée et elle a été retrouvée hier.

« Voilà pourquoi, aujourd'hui, la religion est venue apporter à ce héros et à notre vaillante armée l'hommage de ses prières, de sa douleur et de sa reconnaissance. D'ailleurs, elle est bien à sa place, la religion de nos pères, avec ses espérances, sur ce champ de bataille le plus terrible de ce siècle, illustré par une héroïque résistance, par la valeur, le sublime dévouement et les vertus guerrières qui sont l'honneur, la puissance et l'espoir de notre patrie.

« Oui, certes, nous nous rappellerons toujours ces exemples qu'il faut faire resplendir, et les enseignements de ces morts nous les transmettrons de générations en générations.

« O mon pays ! n'oublie jamais ceux qui sont morts pour ta défense ! Reviens toujours dans ces lieux de combat et de mort ! Conduis ici tes fils et tes soldats pour tremper leurs âmes dans l'énergie, dans la vaillance et dans son amour.

« O ma patrie ! que tes regards et ton cœur contemplent toujours dans la reconnaissance et l'admiration ces vaillants qui sont tombés sur les hauteurs du dévouement, du sacrifice et de la vraie gloire.

« Et quand tous soldats d'aujourd'hui et de demain, appuyés sur l'espérance chrétienne, seront animés (et ils le sont déjà, j'en suis sûr) du souffle qui fait tressaillir et anime encore les cendres de ces héros, ils te conserveront toujours ta puissance, ta grandeur et ta gloire. »

L'abbé Gattelet — qui est originaire d'Hayange — a dit les dernières phrases de son allocution avec une chaleur, une ferveur véritablement admirables.

Il faut vous figurer la scène : le ciel bleu pâle, sans nuages, est comme tombant sur les épaules de nos hussards, à ce point que les dolmans bleu pâle de leurs officiers se confondent avec le bleu pâle du ciel ; le général Jamont, dont la haute taille et le haut cheval bai se profilent sur cet horizon tout proche ; les officiers allemands rangés face au prêtre français, au milieu d'un cercle de pantalons rouges et là, à quelques centaines de mètres, au Nord, les flèches de Saint-Privat et d'Amanvillers, les monuments funèbres parsemés dans les champs, toute une terre encore palpitante de la lutte qu'on dirait d'hier ; nous sommes en plein champ de bataille, en face des ennemis d'hier, des adversaires possibles de demain. En cette occurrence, il se trouve que puisque un militaire français ne peut parler, que puisque le sous-préfet s'est borné à prononcer une phrase d'une briéveté diplomatique, l'abbé Gattelet est l'*orateur français*. Singulière fortune pour un prêtre de campagne : il s'est d'ailleurs montré digne de ce rôle aussi délicat que grand.

Il est exactement sept heures vingt-deux minutes. Portez armes de nouveau et *aux champs !* On charge les cercueils sur les modestes chars envoyés de Metz ; pendant cette opération, le colonel von Ende se tient tête nue près du général Jamont. En même temps, la musique du 147ᵉ attaque l'hymne funèbre de Chopin.

Le cortège se forme, précédé par les hussards ; la fanfare du 1ᵉʳ chasseurs à pied, avec son chef, M. Posty, précède les chars, derrière les corbillards se placent les trois prêtres, les six officiers prussiens à pied, le sous-préfet ; le général Jamont et le colonel du 147ᵉ à cheval. Les deux bataillons suivent, on s'ébranle lentement en se dégageant avec difficulté de la foule, très compacte. Le soleil se fait chaud.

*
* *

Courons à la frontière, où la foule est non moins compacte.

Là, tous les officiers de Metz, à cheval ou à pied, en grand uniforme sur lequel se détache l'écharpe d'argent, tous les élèves de l'école des cadets de Metz : futurs officiers, — beaucoup de sous-officiers et de soldats de toutes les armes.

Toute l'élite du corps d'armée de Metz est sous nos yeux.

*
* *

Il est bon de savoir que le chemin vicinal de Habonville, où s'est engagé le convoi, forme frontière jusqu'à l'entrée d'Amanvillers.

A droite, c'est à nous ; à gauche, c'est annexé. Les gendarmes de chaque nation battent l'estrade, n'étant séparés les uns des autres que par le chemin.

Les gendarmes allemands sont renforcés par des douaniers et par un certain nombre de dragons du 9ᵉ prussien.

LES PRIÈRES DEVANT LES CERCUEILS, A HABONVILLE

AUMONIER LAUBSTEIN   PASTEUR
OFFICIANT   BUSSELER

Ils ne sont pas trop sévères, encore qu'ils crient et se démè-
nent diantrement ! Au surplus la curiosité l'emporte sur la
consigne ; du haut de leurs chevaux, ils gardent les yeux
invinciblement attachés sur le cortège, long ruban se déroul-
lant à travers champs.

On profite de cette inattention pour se glisser en avant,
pour se rapprocher du poteau près duquel sont groupés le
général de Hæseler, commandant le 16e corps, et son état-
major.

Le dragon, le gendarme pousse un cri rauque et un temps
de trot — tel un chien de berger — pour arrêter le public,
puis il reporte ses yeux là-bas....

Une curiosité — curiosité émue, voilà le sentiment qui
domine cette masse d'hommes et de femmes : ils sont peut-
être vingt mille, civils et militaires, la plupart habitants de
Metz et de sa banlieue.

Un de mes voisins crie à un jeune dragon :

— *Sie hatten sie also nie von so nahe geschauen* ? (Vous ne
les aviez jamais vus de si près ?)

— *Ach nein !* (Oh, non !)

Des bouts de conversation identiques s'engagent sur
les divers points de la plaine.

Le général de Hæseler, casque en tête, est posté à l'extrême limite, ses jambes immenses encerclent son cheval.
Derrière lui, un imposant état-major.

A gauche du général, sur le chemin — désormais annexé — la compagnie d'honneur prussienne avec musique,
fifres et tambours. Tout contre, une masse d'officiers et de
fonctionnaires allemands à pied. Le drapeau du 1er régiment des grenadiers de la garde est aussi présent, venu
de Berlin.

On aperçoit près des casques de l'état-major, les ombrelles de beaucoup de dames d'officiers ou de fonctionnaires.

Et voici qu'arrive au trot l'escadron de hussards français. Il se range en bataille, dans un bel ordre, face au général allemand, lequel, ainsi que ses officiers, portent unanimement la main au casque pour répondre au salut du sabre — superbement décrit — par le commandant des hussards.

Voilà Français et Allemands sous les armes en présence, n'étant séparés que par quinze ou vingt mètres : la largeur du chemin et du fossé....

*
* *

On entend la fanfare du 1er chasseurs à pied, elle joue l'hymne funèbre de Chopin.

A cette minute — inoubliable — fifres et tambours éclatent de l'autre côté. Pour saluer l'entrée des corps de leurs compagnons sur la terre annexée, ils jouent une marche sautillante où la note aiguë des fifres grince avec un bruit strident. Est-ce un effet du spectacle funèbre ? ou du contraste entre la lente et grave musique de Choppin et ce rythme cassant, saccadé ? Je crois entendre des os s'entrechoquer dans une danse macabre. Il me semble qu'à cet appel, qu'au son de cette marche nationale, les morts vont surgir de leurs cercueils, le casque mal assujetti à leurs crânes dénudés, et, au grand soleil, dans cette nature ardente — esquisser une parade fantastique : une ronde d'Holbein. — Il y a huit jours que j'ai vu et entendu cela et cette vision lugubrement grimaçante me poursuit encore...

Extrait de *l'Illustration*.

Phototypie J. Royer. Nancy.

ÉTAT-MAJOR DU 16e CORPS ALLEMAND

ATTENDANT L'ARRIVÉE DU CORTÈGE SUR LE TERRITOIRE ANNEXÉ

VII

L' « Entrevue » de Saint-Ail-Amanvillers.

C'est ici que se place ce que nous définissons, — nous avons expliqué pourquoi : *l'entrevue*.

Le cortège va toucher la frontière. La silhouette du général Jamont, sculpturale, se dresse comme au-dessus d'une mer mouvante. En apercevant le commandant du 6ᵉ corps français, le général de Hæseler pousse vivement son cheval en avant ; un vaste cercle d'officiers allemands et de hussards français se forme autour des deux grands chefs. La main au casque, le général de Hæseler présente successivement et nominativement les officiers de son nombreux état-major au général Jamont lequel, à chaque nom, soulève son chapeau. Le général de Hæseler remercie son collègue français, il l'invite, ainsi que tous les officiers français, à entrer sur le territoire d'Amanvillers. Le général Jamont remercie et décline l'offre en termes courtois ; sur l'insistance du général de Hæseler, le commandant du 6° corps pénètre cependant de quelques mètres sur le territoire annexé et passe rapidement devant le front de la compagnie d'infanterie prussienne et des cadets rangés sur son prolongement.

Puis il rentre sur notre territoire.

On échange les derniers saluts avec une mâle briéveté.

Un officier de la garde allemande se présente au commandant du bataillon de chasseurs, M. Couturier, qui se tient à la droite de sa troupe.

« Monsieur, lui dit-il, je viens au nom des officiers de la
garde vous remercier de la façon dont vous avez rendu les
honneurs aux corps de nos camarades. »

« Monsieur, répond le commandant, en saluant du sabre,
nous sommes toujours heureux d'honorer les braves ! »

Nous venons de nous essayer à traduire des sensations
personnelles. Mais sur un champ aussi étendu, nons n'avons
pu tout voir, tout embrasser, tout ressentir. Aussi bien
lira-t-on avec grand intérêt ce qu'ont écrit sur *l'entrevue*
deux de nos confrères : M. Jean Maubourg (John Labus-
quière), du *Radical*, et M. Jules Huret, du *Figaro*, dont
nous avons déjà eu l'occasion de citer la narration colorée.

M. Jean Maubourg :

« Nous arrivons non sans peine à la frontière ; en arrière
de nous le spectacle est éblouissant, bien fait pour émouvoir
l'homme le plus insensible. De la terre monte vers le ciel,
où flambe maintenant un soleil de feu, une poussière trans-
parente blonde ; dans cette poussière étincelle l'acier des
baïonnettes, les cuivres des fourniments de nos soldats.
C'est une longue traînée humaine que coupe brutalement
d'une tâche noire le corbillard qui s'avance avec une extrême lenteur. On aperçoit Saint-Privat, blotti avec ses toits
rouges comme un glacis.

« Devant le village s'étendent des champs aux tonalités
variées à l'infini, mais où le bleu tendre domine.

« C'est en montant cette pente, douce cependant, que la
garde, accueillie par les fusillades énergiques du 6e corps
résolu à défendre Saint-Privat, laissa sur la terre rougie de
sang un si grand nombre des siens ! Tous les regards se
tournent instinctivement vers ce village.

« Mais, voici le poteau-frontière ; déjà on aperçoit, nette-

Extrait de l'*Illustration*.

Phototypie J. Royer, Nancy.

LE GÉNÉRAL DE HAESELER & SON ÉTAT-MAJOR

SALUANT LE CHEF DU 6ᵉ CORPS FRANÇAIS

ment dessinées, les silhouettes des gendarmes allemands et de quelques officiers à cheval. Ma foi, les cœurs battent un peu fort au moment de fouler cette terre qui fut nôtre et qui nous fut brutalement arrachée. Encore quelques pas et voici les troupes allemandes qui attendent qu'on vienne leur remettre les restes des leurs tombés en combattant.

« Une compagnie du 131e d'infanterie sur le pied de guerre, avec drapeau, fifres, tambours et musique ; en arrière de l'infanterie, des dragons avec leurs uniformes bleu de ciel, leurs buffleteries blanches ; puis une nuée, le mot n'est pas exagéré, d'officiers de toutes armes, à pied et à cheval, venus de Metz pour rendre hommage à la mémoire de leurs camarades.

« De ce côté, on parle beaucoup allemand ; la langue gutturale résonne, peu plaisante à l'oreille ; cependant, pas un écart de langage dans la bouche des Lorrains accourus des deux côtés de la frontière.

« Le bataillon de chasseurs arrive lentement, sa musique, à la gauche des hussards, continue la marche funèbre jouée durant le trajet. Le bataillon se formé et le général Jamont paraît, ayant à ses côtés un officier de la garde qui le reconduit, lui fait franchir la frontière et le présente au général Hæseler qui s'est avancé vers lui. La musique de l'infanterie allemande joue le *Salvat*, le drapeau s'incline, les deux généraux se saluent, le général allemand la main rigidement portée au casque, le général Jamont dans un geste très simple, mais très correct, en levant son bicorne à ganse d'or sur lequel flotte la plume blanche.

« Très grand air, le général français ! A mes côtés, un capitaine d'infanterie bavaroise en fait la remarque dans un français correct. Ses collègues l'approuvent avec une courtoisie manifeste.

« Le général allemand reconduit le général Jamont qui, à diverses reprises, salue. Aucun officier français en uni-

forme ne franchit la frontière, malgré les invitations faites
sur le ton le plus engageant.

« La compagnie d'infanterie allemande fait par le flanc
droit. Le mouvement s'est accompli avec un ensemble
extraordinaire ; on eut dit qu'un ressort a brusquement mis
en mouvement cette machine de trois cents hommes qui
partent de ce pas de parade, dur, mécanique, qui fait trem-
bler le sol, et sursauter comme de la gélatine ces faces
dodues et roses. Les tambours aigrelets et les fifres ryth-
ment la marche par des roulements coupés qui produisent
l'effet le plus extraordinaire. Les files et les rangs sont
superbement alignés. »

M. Jules Huret :

« Après une course folle dans les terres labourées et les
champs d'orge et de blé, j'ai pu arriver sur le plateau
d'Amanvillers, et vraiment, là... il m'a bien fallu oublier
un instant tous mes déboires.

« Le soleil commence à chauffer terriblement, il est près
de huit heures du matin ; de là-haut le chemin d'Habonville
couvert de troupes apparaît comme une rivière de baïonnettes ; les galons, les boutons de cuivre, les fusils, toute
cette gaieté des uniformes rayonnent, resplendissent sur la
verdure des champs et des arbres. Les premiers hussards
approchent de la frontière, on se bouscule pour les voir
dépasser le poteau ; et, alors, le silence se fait, devient
presque religieux ; l'orchestre militaire joue lentement la
Marche funèbre de Chopin ; et cette musique lamentable
sous ce grand soleil, au milieu de ces pantalons rouges et
de ces uniformes bleus et de ces dorures, et ces champs de
bleuets et de coquelicots, parmi cette foule en marche qui
escorte vers les pays perdus les soldats français, on croit
assister à je ne sais quel pèlerinage sacré, ou à quelque
pacifique conquête d'un peuple qui s'est, à l'avance, rendu.

Cliché H. Bellieni, Nancy.

LE GÉNÉRAL JAMONT PASSE DEVANT LA LIGNE ALLEMANDE

SUR LE TERRITOIRE ANNEXÉ, ACCOMPAGNÉ DE L'ÉTAT-MAJOR DU 16ᵉ CORPS

Cliché H. Bellieni, Nancy.   Phototypie J. Royer, Nancy.

DÉPART DU CORTÉGE, REFORMÉ SUR LA TERRE ANNEXÉE

POUR LE MONUMENT D'AMANVILLERS

« Mais voici que le chemin, — jusqu'ici mitoyen, à droite la France, à gauche l'Allemagne, — se barre de gendarmes allemands et de soldats casqués !... on s'arrête ; les bataillons se déploient, et les corbillards, suivis de la délégation et du général Jamont, passent devant le front des troupes. Un millier d'officiers et de soldats allemands sont là, avec, au milieu d'eux, le général Hæseler, commandant le 16e corps allemand. A cheval, comme cassé en deux, la figure rasée, rappelant la tête de de Moltke, il s'avance vivement vers le général Jamont, qui s'est arrêté à quelques mètres de la limite extrême du territoire français, pour lui remettre les dépouilles des morts d'Habonville. Le général allemand remercie le général français et lui demande la permission de lui présenter l'état-major de la garnison de Metz.

. « Après une légère hésitation qui permet à M. de Hæseler d'insister, le général Jamont pousse son cheval. Il est en Lorraine. Les tambours prussiens battent aux champs, les fifres sifflent.

« A ce moment, l'émotion de la foule et des soldats est à son comble ; elle se lit sur les traits un peu crispés et les yeux fixes des assistants. Le général Jamont passe devant le front de la compagnie du 131e régiment d'infanterie allemande, qui lui rend les honneurs militaires ; il salue les officiers qui lui sont présentés un par un, et se retire. Cela a duré dix minutes à peine.

« Et c'était un spectacle inoubliable, je vous assure, que celui de ces cavaliers prussiens dévorant des yeux les hussards bleus et les petits chasseurs français, postés devant eux, pendant que le général qui commande le 6e corps marchait côte à côte avec le commandant du corps de Metz, là, à deux pas de Gravelotte et de Saint-Privat. »

L'*entrevue* n'est pas finie !

Que dis-je ? l'*entrevue* la plus troublante va seulement commencer à la minute où dans une débandade extraordinaire de la foule, les deux détachements se préparent à s'éloigner en sens inverse.

Nos chasseurs à pied sont devenus queue de la colonne française. On m'assure que le général de Hæseler se tournant vers ses officiers leur aurait lancé :

« Allez voir comment on manœuvre de l'autre côté ! »

Si l'avis a été donné — je répète ne relater le propos que sous réserves — c'est évidemment à mi - voix. Eh bien, on jurerait qu'il a été entendu par les milliers de personnes massées sur le terrain ! Une poussée énorme se produit.

La ligne des gendarmes et dragons prussiens chargés de la police se rompt, s'émiette, disparaît sous l'avalanche... Un millier au moins d'officiers et de soldats prussiens se jettent contre le chemin par où s'en retournent les Français, qui ont accompli un « par le flanc » précis, mais souple.

Les yeux flamboient, sérieux, observateurs, investigateurs, candides ; un empressement instinctif, inapprêté.

Sous les regards avides de ces officiers allemands, passés maîtres en l'art d'aligner avec une précision mathématique des masses vivantes, s'éloignent dans un cadencement allègre nos fantassins, examinés des pieds à la tête. Instant inoubliable ! On se mesure, on se « soupèse » de l'œil. D'ailleurs, aucune étincelle de haine ne brille sous les paupières : un long, très long regard. Des remarques, celle-ci par exemple, d'un officier prussien : « On entend à peine leurs commandements, on ne les crie pas comme chez nous ».

Les Français ne seraient, peut-être, pas moins désireux d'analyser leurs « collègues » de l'autre armée, mais ils ne sont pas libres : dans le rang, on ne bronche pas !

Extrait de l'*Illustration*.

Phototypie J. Royer, Nancy.

LE MONUMENT D'AMANVILLERS

Inhumation Définitive.

N'importe ! On s'est vu de près, dans le *blanc des yeux.*
« L'entrevue » est bien terminée.

En hommes pratiques, officiers et cadets de Metz ont
pris leur *leçon de choses :* la colonne française est déjà au
bas de la colline....

VIII

L'inhumation définitive à Amanvillers

Dans le récit de la cérémonie, nous en sommes demeuré
à la formation du cortège sur terre annexée. Par un mouvement très méthodique — que notre confrère du *Radical* a
noté, — la troupe prussienne se range derrière les corbillards. Le convoi s'ébranle au son des petits tambours plats,
dont le bourdonnement se perd bientôt dans la plainé (le
convoi gagne le monument en décrivant un arc de cercle),
tandis que toute la foule des civils et des militaires, qui a
assisté au départ des bataillons français, coupe au plus
près, par les champs.

Nous y voici. La marche des tambours se rapproche. Le
cortège parvient à l'entrée d'une étroite enceinte, délimitée
par des piquets, où pénètrent, d'abord, le général de
Hæseler et les ecclésiastiques. Autour, les sociétés d'anciens
militaires, les officiers, civils, sous-officiers, dames, fonctionnaires, pêle-mêle.

En arrière de la foule, l'arme au pied, se rangent les
fusiliers du 131ᵉ et leur musique qui exécute un « choral ».

Ici, M. le pasteur Busseler prend le premier la parole.
Il prononce une nouvelle allocution au cours de laquelle il
loue la courtoisie de la nation française. Nous n'avons pu

nous en procurer le texte, mais voici le discours de son collègue, l'aumônier catholique Laubstein, qui a exprimé des idées analogues.

L'aumônier cite d'abord ces versets de l'*Ecclésiaste* :

« Tous ceux-là au milieu des générations de leur « nation ont acquis la gloire. »
« Leurs corps ont été ensevelis en paix, et leur « nom vit dans toutes les générations. »

« Lorsque nous sommes près de la fosse ouverte de chers défunts, nous revoyons, encore une fois, en esprit, leur vie terrestre et leurs travaux ; nous assistons, de nouveau, à leur agonie et au douloureux spectacle qui ne se termine qu'au sein de la terre, et, il nous semble qu'ils soient revenus au milieu de nous pour recommencer, sous nos regards, le combat de la vie et de la mort. Il en est ainsi, surtout en ce lieu, désormais il doit être consacré et sanctifié pour devenir un champ de repos, un lieu de paix pour les héros qui, fidèles jusqu'à la mort au serment de leur drapeau, ont donné leur vie pour la patrie dans une lutte chaude et sanglante. Nos souvenirs font revivre ces grands et prodigieux événements qui, il y a vingt-trois ans, se sont déroulés sur ce sol, font revivre ce tableau grandiose de la bravoure et de la fidélité que deux peuples puissants, remplis d'un égal enthousiasme pour leur patrie et leur honneur, ont gravé dans leur sang avec le stylet de l'épée.

« En esprit, nous voyons les héros de deux peuples se sacrifier pour la patrie et « acquérir ainsi de la gloire au milieu des générations de leur nation ». La palme de la paix a germé et grandi dans leur sang et, depuis, elle a porté, comme fruit, le bonheur et la prospérité des peuples.

« Jusqu'ici, les braves du régiment des grenadiers de la garde Empereur-Alexandre, dont la solennité de ce jour honore la mémoire, reposaient paisiblement au pays voisin, sous la protection de ceux avec lesquels ils s'étaient mesurés dans un combat loyal et qui, ainsi, honoraient aussi, dans leurs adversaires, l'amour de la patrie et la fidélité du brave soldat. Honneur et merci à eux !

« Exprimons-leur une reconnaissance inoubliable à cette place où, désormais, les ossements de ces chers morts devront reposer en paix. L'affection des camarades et un souvenir reconnaissant les a ramenés ici, eux, les modèles resplendissants de la bravoure militaire, afin de les rapprocher davantage et de pouvoir leur payer plus facilement le tribut de la gratitude sur les lieux qui furent les témoins de leur gloire.

« Que nos héros, du régiment des grenadiers de la garde Empereur-Alexandre, reposent maintenant paisiblement à l'ombre de cette croix, sous la protection de Dieu, ainsi qu'ils ont reposé au pays voisin ; qu'ils dorment jusqu'à l'aube du jour de la résurrection, où Dieu, par la voix des trompettes des anges, les convoquera avec tous les autres défunts, à l'appel général de la récompense pour remettre à ceux qui, jusqu'à la mort, ont combattu le bon combat, les lauriers de la victoire, les palmes de la paix et la couronne de la félicité éternelle. Ainsi soit-il. »

La musique a exécuté un nouveau choral. La compagnie tire trois salves avec — si nos yeux de profane ont bien vu — de la poudre donnant de la fumée.

Pour terminer, le lieutenant-colonel des grenadiers prussiens *Empereur Alexandre*, von Ende, prononce un court discours, dont nous extrayons ce passage :

« C'est jusqu'ici que, le soir de la bataille, après un sanglant combat, s'avancèrent les restes de notre 2e bataillon et du bataillon de fusiliers, pendant que notre 1er bataillon luttait avec des pertes non moins grandes entre Habonville et Saint-Privat. Il est maintenant permis à tous les parents de tous ces chers morts et à tous ceux qui appartiennent au régiment Alexandre de visiter ce lieu glorieux et sacré. Au nom de mon régiment, je remercie le major von Cheffer, notre ancien camarade de régiment, d'avoir fait don du terrain et d'avoir participé si activement à la translation du monument et des restes de nos morts. »

M. le général de Hæseler pousse un triple vivat à l'empereur et le chant de l'hymne national allemand marque la fin de la cérémonie.

... Une physionomie bien suggestive, le cocher du corbillard ! Un blond, avec yeux perçants et fureteurs, le bicorne battant les épaules, ployées dans un indolent scepticisme...

Mais il est neuf heures (heure de Paris) et neuf heures cinquante-cinq (heure de Metz).

L'écoulement dans Amanvillers, au milieu des voitures, des chevaux, est très long. Toutes les voitures de Metz et de ses environs ont été « mobilisées ». On se précipite dans les « restaurations » ; à la gare, plusieurs tonneaux de bière sont juchés sur une estrade ; on tire au robinet dans de grands bocks, sans prendre le souci de rincer les verres. D'innombrables toilettes claires dans le scintillement des uniformes.

A 11 heures 20 enfin, un train spécial remmène à Metz le détachement prussien, aux sons de l'hymne national.

Nous repartons dans un autre train sur Batilly, où les maisons sont pavoisées aux couleurs françaises. Notre infanterie, venue de pied, y est accueillie par des acclamations enthousiastes.

Braves habitants de Batilly ! Veut-on un détail touchant dans sa puérilité? Je sais une maison où, la veille au soir, un officier avait accepté l'hospitalité. Devant la maison, un parterre de rosiers, mais hélas ! les rosiers ne portaient plus de roses. Vite les roses artificielles qui ornent les vases du salon, avec un brin de fil, elles tiendront! Et voilà comment le parterre de rosiers fut fleuri par miracle pour ce jour solennel et unique dans les annales du village...

En remontant dans le train, à destination de Nancy, l'esprit reprend, un à un, tous les épisodes de cette cérémonie d'une étrange majesté, tragique par le cadre où elle se mouvait, par les souvenirs qu'elle éveillait ;... les images succèdent aux images. Je revois le jeune dragon prussien aux yeux noirs (oui ses yeux étaient noirs) fixés obstinément vers les hussards français « qu'il n'avait jamais aperçus de si près ». Et tout cet état-major, la main au casque d'un seul geste, automatique, et la brûlante et mutuelle *pénétration* de ces combattants des combats futurs....

Après cette mémorable *entrevue*, Allemands et Français se connaissent un peu mieux. Il y a eu *leçon de choses* pour tout le monde.

IX

Le « petit caporal français » conduit à la Crypte de Mars-la-Tour

De Batilly à Conflans, entassement prodigieux. En descendant sur Mars-la-Tour, nous entendons des salves, la tour carrée de l'église est couronnée de drapeaux ; il est midi cinq et à cet instant même, l'infatigable sous-préfet de Briey, M. Giraud, entre dans le village, accompagnant le cercueil du soldat français inconnu, exhumé du monument allemand.

L'escadron de hussards escorte la bière qui a traversé au miliéu du recueillement, les localités semées sur la route : Batilly, Jouaville, Doncourt, Bruville. Dans chacun de ces villages, les habitants, bien que très tardivement prévenus, ont arboré leurs drapeaux ; les cloches de chaque paroisse sonnent le glas funèbre.

A l'entrée de Mars-la Tour, le convoi est attendu par la municipalité, M. le curé et la plus grande partie des habitants. Les jeunes filles apportent des bouquets tricolores. On se dirige vers la crypte.

Au monument national, dû au ciseau de Bogino, M. le sous-préfet prononce l'allocution suivante :

« Monsieur le maire,

« Je vous remets les restes d'un militaire français relevé au milieu des grenadiers de la garde allemande inhumés à Habonville.

« C'est un vaincu, mais un vaincu glorieux, héros inconnu, mais probable, de cette vaillante phalange que conduisait à Sainte-Marie-aux-Chênes le général de Geslin.

« Depuis vingt-trois ans, il dormait auprès de ceux contre lesquels il avait lutté dans cette rude journée du 18 août. Mais les soldats sont frères dans la mort.

« Désormais, il reposera dans ce monument national, dont vous avez la garde ainsi que M. le curé, qui a apporté son concours si dévoué à cette œuvre éminemment patriotique.

« Son ombre, j'en suis persuadé, reposera plus calme et plus heureuse au milieu de ses camarades morts au champ d'honneur. » -

Cette allocution si simple et si touchante est accueillie dans la foule, émue jusqu'aux larmes, par les acclamations réitérées de : « Vive la France ! Vive l'armée ! »

M. Lallement, maire de la commune, malgré son état de souffrance, tient à dire quelques mots, il remercie M. le sous-préfet d'avoir bien voulu rehausser par sa présence l'humble cérémonie.

Après lui, M. l'abbé Faller, curé de Mars-la-Tour, la parole vibrante de patriotisme, s'adresse à l'assistance en ces termes :

« Monsieur le sous-préfet, et vous, mon commandant, c'est avec le plus patriotique respect que M. le maire et moi recevons de vos mains les restes mortels d'un de nos braves soldats tombé inconnu il y a 23 ans, au champ d'honneur, pour la défense de son pays. Il semblait destiné à rester indéfiniment confondu dans l'obscurité d'une tombe commune, lorsqu'une occasion opportune provoquée par une nation qui, elle, aussi porte à un haut degré le culte de ses morts, nous permet à tous en ce jour de lui payer le juste tribut de notre gratitude. Le gouvernement de la République française montre en cette occasion combien il tient à honorer la mémoire de ceux qui sacrifient leur vie pour la patrie, car aussi vite qu'a brillé l'espoir de retrouver parmi tant d'ossements étrangers la glorieuse dépouille de notre vaillant soldat, le gouvernement s'est empressé de donner des ordres pour la translation solennelle de ses restes en cette crypte du monument national de Mars-la-Tour, où reposent déjà tant de valeureux Français. C'est cette touchante cérémonie qui nous réunit en ce moment sous le regard de l'image vénérée de la France. Vous avez eu tous à cœur d'accompagner jusqu'ici notre dévoué guerrier et c'est avec joie que je vous vois rangés nombreux autour de son cercueil, éprouvant sans aucun doute dans vos cœurs la douce satisfaction d'un devoir accompli.

« C'est avec le sentiment d'une intime consolation que nous sommes tous heureux d'avoir pu rendre en ce jour à notre cher soldat les honneurs militaires et ecclésiastiques au nom de la Patrie, de l'Église de France et de notre vaillante armée, si dignement représentée sous nos yeux.

« Et maintenant, ô notre brave et généreux défenseur, va reposer en cette crypte auprès de tes compagnons d'armes, auprès de ceux qui comme toi ont su mourir pour nous. »

Une immense acclamation de « Vive la France ! Vive l'armée ! » retentit ; les trompettes des hussards sonnent aux champs, les cavaliers présentent les armes.

Le cercueil va rejoindre dans la crypte les ossements de bien d'autres frères d'armes.

Dans son numéro du 20 juin, l'*Est Républicain* a inséré la lettre suivante, datée de Nancy :

« A ce héros modeste et inconnu, qui vient, après un quart de siècle, dormir son dernier sommeil auprès de ses compagnons d'armes, ne pourrait-on offrir — à la prochaine fête du 16 août, à Mars-la-Tour — une superbe couronne de souvenir ?

« A défaut de sa famille, son régiment ou même nos jeunes conscrits lorrains de 1893 ne pourraient-ils prendre cette initiative ? »

Certainement ! Il ne serait peut-être pas impossible, d'ailleurs, de reconstituer l'identité du soldat (un caporal, d'après la tradition) qui a reposé si longtemps près des grenadiers de la garde royale prussienne.

En effet, on a parlé d'un peigne portant un matricule, trouvé avec la balle allemande près de notre compatriote.

D'autre part, vendredi, jour de l'exhumation, une personne assistant aux fouilles a trouvé un bouton d'uniforme français. Elle a vendu ce bouton, pour la somme de 2 francs, à M. Granier, conservateur des hypothèques à Briey.

Le bouton porte le chiffre 65.

Or, le 65e régiment de ligne faisait partie de la brigade Berger, cette brigade appartenait à la division de Lorencez, et cette division au 4e corps (Ladmirault) qui se trouvait précisément en position à Habonville-Saint-Ail, dans la journée du 18 août 1870.

Dans la fosse, on a retrouvé de nombreux boutons allemands, mais il n'y avait que cet unique bouton français, et on sait que les boutons allemands ne portent pas de numéro.

La preuve paraît donc concluante. Le militaire inconnu, conduit samedi à la crypte de Mars-la-Tour, appartenait au 65e de ligne.

Dans son numéro du 23 juin, la *Lanterne* a publié la la lettre ci-dessous, datée de Paris :

« La cérémonie si émouvante de Saint-Ail a été assombrie par un incident auquel les survivants de la campagne de 1870-71 ne peuvent rester insensibles ; je veux parler de la découverte des restes d'un soldat français au milieu de ceux des soldats de la garde prussienne !

« Il est profondément regrettable qu'alors qu'une délégation des anciens militaires allemands, porteurs de leurs médailles et insignes, assistait à cette cérémonie, nous ayons eu à constater l'absence de toute délégation d'anciens militaires français, qui auraient eu à cœur de rendre les honneurs funèbres à leur brave compagnon d'armes.

« Si la découverte de la dépouille mortelle de ce héros avait été portée en temps utile à la connaissance du public, je suis convaincu que nous aurions pu prendre les dispositions nécessaires pour assurer la présence d'une délégation composée de patriotes susceptibles de remplir, avec dignité, le devoir qui leur incombait en cette circonstance.

« Nous ne pouvons donc qu'exprimer nos plus profonds regrets, de n'avoir pu convier aucune délégation d'anciens combattants français dans une solennité où leur place devait être marquée, alors surtout que les Allemands n'ont pas observé la même réserve.

« Veuillez agréer, monsieur le rédacteur, l'assurance de mes sentiments les plus distingués.

« *Le président de la Fédération des combattants de 1870-71.*

« E. George,

« 50, rue du Simplon. »

Nous nous associons aux regrets formulés par le président de la *Fédération des combattants de 1870-71*, mais un simple examen des faits et des lieux démontre que la présence, à la cérémonie, d'une Société d'anciens militaires français était malheureusement impossible.

Les ossements du caporal français ont été découverts en pleine campagne, dans l'après-midi du vendredi. On ignorait leur existence, tandis que les ossements allemands étaient connus, puisque la cérémonie était préparée en leur honneur. Pour que la Société d'anciens militaires français dont le siège est le plus rapproché de la frontière — la Société de Nancy — fût représentée à Habonville le samedi matin. il eût fallu courir, aussitôt la découverte, au bureau de Batilly (3 kilomètres) et télégraphier.... à qui ? Le sous-préfet de Briey n'avait pas en poche l'adresse du président de la Société nancéienne.

Télégraphier au maire de Nancy ? Se serait-il trouvé à son cabinet ? Admettons-le. Voilà une dépêche qui lui parvient à cinq heures du soir, et le dernier train part à 6 h. 13.., car les trains du lendemain arriveraient trop tard. Comment, à cinq heures du soir, se mettre utilement à la recherche de quelques membres de la Société — presque tous travailleurs — leur donner le temps de faire un brin

4.

de toilette, les grouper, les diriger sur la gare, tout cela en soixante-dix minutes !

Non, c'était impossible. A tout le moins, le « petit soldat de Saint-Ail » a-t-il été conduit, enveloppé du drapeau tricolore et escorté par le sous-préfet de Briey et un escadron de hussards, de Habonville à Mars-la-Tour. (Distance 14 kilomètres.) Il a donc reçu des honneurs aussi complets que les circonstances le permettaient.

X

L'impression à Metz

Dans son numéro du 18 juin, le *Temps* a publié le télégramme ci-dessous, daté de Metz, 17 juin, soir :

« La cérémonie de Saint-Ail a produit une profonde impression sur tous les assistants. Les nombreux officiers allemands qui se trouvaient près de la frontière louent sans réserve la façon dont les troupes françaises ont rendu les honneurs militaires. Ils estiment que les choses ont été faites avec beaucoup plus de solennité sur le sol français que sur le territoire allemand, et que le déploiement des forces militaires du côté français a été beaucoup plus imposant que du côté allemand, où figurait seulement une compagnie de 250 hommes.

« Les officiers allemands sont pleins d'éloges sur l'aspect et l'attitude des troupes françaises. »

XI

Suprêmes réflexions

La cérémonie de Saint-Ail-Amanvillers laisse à tous ceux qui y ont assisté une impression saine, douce et forte dans

sa tristesse. C'est que les peuples sont comme les femmes :
ils enfantent dans la douleur.

Au seuil des tombeaux, veille l'Espérance ailée.

Visitez une cité, ce n'est pas dans ses rues bruyantes
mais dans la solitude de ses cimetières que vous saisirez
le secret de son histoire.

Combien profond et véridique ce mot du philosophe :
« Nous vivons des morts ». Nous en vivons moralement et
matériellement. Leur exemple, la « trace de leurs vertus »
nous aident à résister sans faiblir aux coups du sort.

Une nation qui honore ses ancêtres demeure digne des
plus hautes destinées.

Une nation qui honore les braves est elle-même brave.

Voilà pourquoi la République française fut bien inspirée
d'accorder un solennel hommage aux ossements des grenadiers du roi Guillaume de Prusse.

Et elle fut récompensée de sa belle action par la découverte inattendue des restes de ce petit caporal, dont on ne
saura peut-être jamais le nom, mais que nous eûmes la
consolation suprême de placer près de ses camarades de
combat et de dévouement.

Ce héros inconnu ne symbolise-t-il pas le peuple ? le peuple résigné et courageux, avec ses millions d'êtres peinant
obscurément, anonymement, portant le fardeau du jour :
abeilles qui construisent le rucher et succombent à la tâche,
sans avoir eu part au gâteau de miel ?

Or, en cette journée du 17 juin 1893, sur le tertre funèbre,
à la frontière, ce ne sont pas deux généraux en chef, deux
armées, mais *deux peuples*, séparés par une inexorable
fatalité, qui se sont entrevus.

Les morts de 1870 qui les ont voués à une haine réciproque, ont aussi commandé cette trève.

Le fusilier allemand Michel et le fusilier français Pitou se sont contemplés longuement, sans contrainte.

Voilà le fait nouveau, intéressant, sans précédent. Voilà le secret de cette commotion électrique dont les milliers d'acteurs de cette scène sont encore bouleversés.

Dans cette vallée de la Moselle, vouée à de séculaires carnages, éternel champ de bataille entre Germains et Gaulois, les âmes des deux peuples se sont heurtées en respirant le même air.

Si elles avaient pu, si elles avaient osé se parler, que se seraient-elles dit ?

Nancy, 24 juin 1893.

XII

P. S. — **Une querelle inattendue**

Au moment d'aller sous presse, nous recevons, trop tard pour apprécier en détail les assertions y contenues, un numéro de certaine gazette munichoise d'après laquelle les Français se seraient montrés agressifs sur la frontière ! Le général Jamont, en quittant le général de Hæseler, aurait introduit une nuance de menace dans ces deux mots :

Au revoir !

La situation électorale allemande n'est probablement pas étrangère à cette grotesque, quoique tardive querelle.

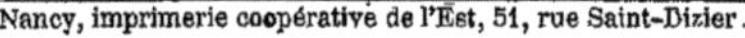

Nancy, imprimerie coopérative de l'Est, 51, rue Saint-Dizier.